摑みそこねた魂

新井豊吉

思潮社

目次

III

装幀＝思潮社装幀室

I

ぼくをみて

左利きを直さなければ
もっと野球がうまかった
脳をいじくったものだから
コントロールがさだまらない

泳ぎは覚えたくなかった
ゆっくりと湖底に向かいながら
眼球に被さる波を透かして
ゆがむ外界に興奮で震える

あなたが朝昼晩と食する生野菜は
ぼくの口腔を刺す

ねえ　おじさん
歩くためには左足を前にだし
右手を後ろに引き
話しかけられても振り返らない
そうしなければ
前に進めない　ぼくをみて

愛する人の手をとり
語らいながら
黄色信号を走りきる
学びの者たちよ
あいまいさの境目を教えておくれ

ぼくを生業とする者たちよ
急な変化を求めないで
納得できなければ
戦うしかないのだから

なかよし学級

わたしは
外を見るのが好きなわけではない
ただ待っているだけ

グラウンドを守る
松林の向こうからきた
粗野に野球帽をとばす
風なんかじゃない
ぬるく　押し返すような
かすかな弾力

見えないが明らかな固まり
額から前髪に入り
わたしに触れて帰った
わたしだけのもの
あれは魂？　を
待っているだけだ

過敏の隙間をついた心地よさに
わたしはもう一度会うまで
この教室のこの席で
待ち続ける　と
決めたのだ
ハウリングがわたしを壊すから
音楽室には入らないと決めたように

聞き覚えのある音が
時折意味をもって入ってくる

あの　こはおとな　しそうだ　けど
たまに　あば　れるから

わたしの隣には誰が座っているんだろう
大好きな計算よりも
ブランコよりも
いまは
風が恋しい

自立の時間

教室にショパンをながす
張り詰めた筋肉の弛緩をねらって
わたしがもってきたものだ
着替えから帰ってきたきみは
童謡絵本のスイッチを押し続ける
たぬき囃子の出だしだけがせわしく繰り返され
過激に律動するきみにおどろき
ショパンも出て行ってしまった

写真カードを使って朝鮮民謡が聴きたいと

きみが要求してくる
毎回十三曲目をリクエストする
最後の一音さえ聴き逃すまいと
スピーカーに耳をくっつけて
体に音を流す

まぜこぜの調べにのって
大きなキャンバスに絵のぐを飛ばす
きみがいる
何枚ものタオルケットを頭からかぶり
休憩場所から立ちあがってきて
身を守りながら絵を描くのだ
刷毛の先から飛び散る魂は
カーテンに壁に命を吹き込んでゆく

はなしことばがなくても
一人で着替えができなくても
好きなことはやりたい
当たり前のことが
足を引っ張り合わず
共存している

トイレこわい

これおすの？　ぼくのゆびは力がない
せんせい　いっしょにおしてくれた
てのひらぜんぶでおせばいいんだね
まだだめ　手を胸にくっつけるの？
背中おされた　ぼくの体重ぜんぶがかかったら
がくってロケットのボタンがへこんで
勢いよく水が流れて
おしっこつれてった
テトラポッドまで泳げたくらいうれしい
つま先だちでキンキン声だしちゃった

ひとりでトイレ行って　戸あけて
おちんちんひっぱりだして
ぷるぷるして　パンツにしまって　チャックあげて
手を胸にぴったんこして　ボタンおすんだ
できる
さくらの花がさいて教室かわって新しいせんせいがきた
トイレができてもほめてくれなくなった
あたりまえ
でも一年間も練習したからもっともっとほめてほしい
大好きなトイレは青いシートにかくれた
ドリルでこわされているみたい
階段あるから二階のトイレはいやだ
シートから出てきたのは大きくてぴかぴかの
たぶんトイレ
むらさき　あか　くろ

なんだか気持ち悪い目玉がついている
おしっこしておしてみる
せんせい「ちがう」「さがって」「さわらないで」
をくりかえす
かなしくなって　おちんちんだしたままさがったら
水が流れた　てじな?
おされておしっこして　ズボンひっぱられてさがったら
目がひかって　また水が流れた
なにもしていない
ぼくはこわくてトイレにいけない

追いかけっこ

算数きらい
新しい勉強のときは一生懸命聞くんだけど
必ず四ページくらいすすむとわからなくなる
百メートル先を歩く花子さんを
太郎さんが走って追いかけます。
花子さんの速さが分速八〇メートル
太郎さんの速さが分速二百メートルのとき
太郎さんが花子さんに追いつくのは何分後ですか？
先生　同じ速さでは走れないよ
先生　花子さんは休んだりしないの？

太郎さんは近道しらないの？
道のりを速さで割る
わる　お皿のように
先生　ぼくが知りたいのは花子さんの笑顔や髪型とか
どうして太郎さんは追いかけたのかなんだよね
先生　知りたい

3年2組のきみへ

スクールバスにゆられて
ずいぶん遠くからやってくる
おじさんみたいにちょこっと
額の前に手をかざした
きみのおはよう
変化はすぐにきみに刺さり
泣き出し
しゃがみ込み
人につかみかかる
散歩に行けば

出会うすべての人に挨拶をする
気づかない人もいれば
戸惑いながら会釈をする人もいる
きみが歩けば街がほほ笑む
やっとひらがなのなぞり書きが
できるようになったきみには
人が笑っていることが一番の喜びなのだ
箸が使えないきみは
わたしの食事の介助をしてくれる
　大丈夫だよ。自分で食べられるから
　せんせい　たべられるの?
ホームルームで訊ねてみる
　今日の給食はなんだった?
　ごはんとおさけです
わたしはきみに翻弄されるのが大好きだ

いらっしゃい

常同的に飛び跳ねる子どもたちのもとから
車イスとマットの職へうつった四月
おそるおそるきみを抱きかかえた
わたしの腕は硬く
きみは棒のように反り返った
きみに会うために教室に入ってくる声
中庭から飛び立つ鳥のはばたきは
当たり前のように発作を導いた
わたしの声も砂利のようにきみの上を転がった
指を握り返すこともなく

友だちを語ることもなく
どうだ　とばかりに
わたしの前にきみを差しだしている
ただ教えてもらうだけの家庭訪問を迎えた
玄関から部屋の奥にいるきみが見えた
おひな様は補助イスに座りベルトで固定されていた
きみの瞳はいつもより大きく
頬の筋肉が弛緩し
微笑みとは言えない微笑みがあった
きみの座している一画はまるで仏画のように
まぶしかった
　ようこそ　わたしの家に
きみがわたしを認めた瞬間だった

のぞみ

錆びた歯車がずり落ちるように
きみはホームに跪こうとしていた
わたしは瞬間的に助けに向かう姿勢をとった
線路の先を揺れながらみつめる瞳は期待に満ち
わたしは歩みをとめた
きみは不揃いな下肢でバランスをとり
なんどもカメラの位置を確認している
ホームの反対側にいるわたしは
落ちやしないかと気になってばかり
アナウンスとともに流線型のあしたが

ゆっくりと入ってくる
きみは前かがみを保持し恍惚と連写する
カモノハシの頭ときみの頭が重なるとき
きみは砂のように崩れて飛び散り電車に溶けた
一両目にはまだ歩かないきみが母に抱かれていて
次の車両では運動会だろうか
半べそかきながら綱をひくきみがいた
多数派の侮蔑をやまのように積んで
次の停車駅に向かっていった
過去を見送るきみは
胸をはってホームに立っていた

はじめまして

青葉城に隣接する近代物
わたしは三日間ネクタイをして過ごした
夜はいつものように
居酒屋で夕食
カウンターを見下ろす満面の笑み
ああ　仙台四郎だ
セピア色の着物をきて
ふくよかな貌に思い切りさがった目尻
ふぐりが見えそうなのがまた愛嬌
生前の写真はこれしかない

どの店にも飾ってあるのですか?
　そうだよ
女将はしわしわの説明文をさしだした
あなたのことは以前からよく知っています
川でおぼれてから
少数派になったのですよね
箒があれば知らない家の軒先を掃き
ひしゃくがあれば勝手に打ち水をし
「しろ（四郎）馬鹿」と呼ばれながら
笑顔で街中を徘徊した
不思議とあなたが入ったお店は繁盛し
抱っこされた子どもは丈夫に育った
邪な心で　おいでおいでをする人々の前は
ひょうひょうと立ち去った
四十七歳で他界し　福の神となった

あなたはどんな気持ち？
腕を組んで客を見下ろすあなたは
みんなの中で呑んでいるようでしたよ

＊仙台四郎　本名、芳賀四郎。江戸後期に仙台で生まれた実在の人物。広瀬川でおぼれて脳に障害をもったと伝えられている。

音

いまでも音とわたしの間には
壁が必要だ
はずむ声が
笑顔のむれが
３Ｄ映画のように襲ってくるので
だから
えっちらおっちら
まぶたに障子を立てたり
耳を襖にくっつけたりする
しまいには

場所をかえる
とよちゃんは人嫌いだから
そうではない
もっともっと
知りたいからだよ
包まれていたいため

音が意味をもち
あちらこちらにぶつかって
柱や畳に浸み込んで
日常という化学反応が
すこしばかりの
不幸も消し去る計算式が
ずっと解けないでいる
いまだと言ったらいいま

だめだと言ったらだめ
だから一度も
愛していると言ったことがない
解くものじゃないのよ
きみはため息でわたしに返してきた

II

ゆきの夢

おねえちゃんはまだねていて
そとがぼくをよぶから
窓にはさんだゆきよけの新聞紙をひきぬいてみた
青くひかるおっぱいみたいなこんもりやま
きっとあれは　むかいのすしやの車
ガラスに顔をつけて線路のほうをみると
プロレスでみたような包帯おとこが
下り坂でとまっている
がめついあのおじさんにちがいない
罰があたったんだ

もっとくだるといじめっこの家がある
たぶんこおっている
どれもこれもリヤカーにのせて
用水路にすててこよう
でもぼくひとりではできなくて
だれもてつだってくれなくて
お日さまがでてきたら
屋根からも道からも
えいえいってぶんなげられて
ゆきはかんたんにまけてしまって
街がはじまるんだろうな

誕生会

小さな商店が並ぶ中央通りを
はじっこまであるいていって
どんづまりのネオンを右にくぐると
ぼくのすんでいる横丁がある
いろんな顔や言葉が
いろんな匂いのなかでとびかっている
背より高い荷物をかついだばあさんがくると
ひるまからお酒のんでいるおじさんが手をひき
黒人バーで働く下着姿の女のひとが魚を買っていく
ぼくはどうくつのようなくらい家にすみ

学校についたら朴から名前をかえて
友だちと野球をする
お父さんが白人のひとみちゃんは
髪が茶色で目が青くて
いつも洋画にでてくるような服を着ている
学校の帰り　分かれ道にくると
いつもぼくのほっぺにキスをして帰ってゆく
ある日　誕生会をするからきてといわれた
何をするかわからないけど
おめでとうのことばをポケットにいれて
ぼくは夕方こっそり横丁をぬけだした
基地ゲートが遠くに見えはじめる
庭　芝生　ブランコがあるハウスと呼ばれる
きみの家はもうすぐだ
ガラス越しに人が見えたので土手に伏した

きみは光るようなスカートをはいてソファに座り
同級生ひとりひとりからプレゼントを受けとっていた
ぼくはこわくなってちょっとずつ後ろにはいずって
はしって横丁にもどった

エンジン

ぼくはみんなと一緒に学校へ行きたい
遅刻はしない
たまにお父さんが車に乗せていくという
ああ　いやだ
お父さんは運転がへただ
何度も事故を起こしている
違反もしている
きっとお酒のんでる
エンジンがかからない
もう走らないと間に合わない
エンジンがかからない

降りて歩きたいとはいえない
エンジンがかからない
もう走っても間に合わない
お父さんの機嫌がわるい
話しかけることができない
ぼくはとてもかなしい
こんなときはいつも頭の後ろのほうが熱くなり
胸がすうすうしてきて
ぼくは頭から抜けだしていくんだ
座っているぼくを見下ろしながら
車の屋根を蹴ると
ぼくはただの気持ちのかたまりになる
友だちが勉強しているのがみえる
ひろみくんのとなり　ぼくの席が空いている
社会の先生が授業をしている

町がみえてきた
お姉ちゃんがパン屋で働いている
お客さんにお釣りをわたしている
お姉ちゃんはすごいな
お姉ちゃんは働きながら夜学校に行っている
知らない町にでた
電車が通っていてぼくの町とはちがう
工場でたくさんの人が働いている
お母ちゃんに似ている人がいる
何年も会っていないからよくわからない
アンテナ作っているのかな
鉄砲みたいな機械でねじを打っている
ガーンガーン　大きな音
重そうだからケガしないでほしい
会いたい人に会えたからさみしくない

迷子

友だちの家の窓からみずいろの朝が入ってくる
中学校の裏は人が入らない森
ここは自分の家よりも学校に近い
鳥の鳴き声と布団の新しさで目が覚めた
安全でみんなやさしいけどさみしい
この友だちとは仲がいいのかどうかわからない
仲がいいと思っているようなのでついてきた
勝気な姉がそばにいてくれと頼んでいたのに
一人にしてしまった
ごめん

家に帰らない子　みんな寝ている
ぼくは目を開けている
友だちのお母さんがご飯をつくる
そろそろ起きたら　という聞きなれない声
友だちのお父さんが仕事に行く
働いているからお金がある
靴も習字道具も買える
ぼくは中学一年生　タバコも吸わない
困った人がいたら助けるしいじめもしない
道端の弱っている蛇を川に逃がしたこともある
だけども学校にも行きたくないし
家にも帰りたくない
次の夜は同じクラスの友だちの家をめざした
ぼくに手紙をくれたテニス部の女の子
垣根と台所から君とお母さんの声がした

いそいで違う路地に入る
教室で聞く声と同じだったからびっくりした
ぼくは教科書どこにおいたのかなあ

ピンク映画

入れろ
無理です。お姉さんは何歳ですか？
いくつだ？　たぶん大丈夫だ
男の子は子どもじゃないですか？
三人一緒に入れろ
困ります
アルコールは男をここまで導いた
ポスターのわざとらしい姿態に
そんな力があるとは思えない
娘はナイフを育てながら

息子は乖離をまといながら
夜な夜なネオン街を歩いてきた
受付のおばさん
あなたは悪くないからね
お父さん
あなたが愛おしい
強い者にいじめられながら
弱い者に甘えながら
欲望を隠す賢さもなく
育てる力もないのに
わたしたちを離そうとしなかった
受付のおばさん
わたしたちを覚えていますか?
父は死にました
わたしたちは元気です

浮き球

重厚なガラスの中に屈折したわたしがいる
縄で縛られたおまえを故郷の湖砂から
飛行機に乗せて連れてきた
しがみついた藻は
北へと浮遊を促す

学校にはプールがなかった
水泳はボンネットバスに揺られて小川原湖へ行く
最徐行で急斜面を落ちてゆくと湖面がひろがる
遠浅が続き

足指にシジミが挟まる
湖岸からは土器の破片
口を開けた貝塚
古代人と同じ水を飲み
シジミを持ち帰る

隣接する姉沼
下級生に語り継がれる伝説
飛鳥の時代　橘中納言道忠は世を儚み旅にでる
彼は北の果てで死にたえる
父を捜し旅にでた二人の娘は
父の死を知り
姉妹は沼に身を投げる
姉が身を投じた沼を姉沼
妹が身を投じた沼は

のちに小川原湖と呼ばれる
姉沼では魚を釣るな
引きずりこまれるぞ
小川原湖にはみんなで行け

三十年に渡る　むつ小川原開発
石油精製　原子燃料サイクル

浮き球はプラスチックが主流となり
何も映さなくなった

＊小川原湖　青森県東部に位置する県内最大の湖
＊浮き球（びん玉）　定置網の設置や漁船などの係留に使うガラスの浮き

駄馬

友が馬はきれいだぞ
一度　競馬場に足を運んでみたらという
そうだろうなと思いながら
テレビでもほとんど見ることはない
つやのある身体
速く走るための細い足
どれもわたしの興味をひかない
わたしは青森の南部で生まれ育った
馬は身近な存在だった
馬は荷車に山のような荷物を積んで

家の前で休んでいた
機関車のように鼻から息を吹き出し
太い足首は決して折れることはなく
道にひづめの跡を深く残し
家の前に糞を置いて通り過ぎてゆく
目は優しくなく怒っているかのごとく力強い
荷台に乗っている農家のおやじは
どうだ　俺の馬は　と自慢げに
子どもたちを見下ろす
足首を痛めたって　食われてたまるかと
毎日　荷物を運ぶのだ

ランナー

きみとわたしは
ぎこちなく杯を重ね
三十年を遡る
訛りの向こうに
中学生のきみが
ぼんやりと見え隠れする

高校教師となり
都会で働く卒業生を励ますために
出張してきた

田舎らしい仕事

意図的に消し去った記憶
勘違いする思い出

かあちゃんがいなくなった、と呟き
うちの玄関に立っていたんだ
お袋が急いで目玉焼き一個のせた弁当を
もたせたんだよ

弁当のことは覚えている
わたしは姉がつくってくれたと思いこんでいた

あいつはどうした
彼は死んだ

彼女はどうしてる
スナックで働き繁盛していたが
男と逃げたらしい

何を聞いても教えてくれる
基地と飲み屋しかない小さな町の話

野球部の練習中
一塁から二塁に走っている姿
それがわたしを見た最後だったという

そうだ
わたしはその夜　駅まで走り
東京行きの夜行に乗ったのだ
学校も父も捨てて

いい顔になったね、と
わたしが伝える

わたしは？

きびしい顔になった
昔はもっと優しい顔だった、と
ふくよかになった笑顔で
きみは答えた

きつね

青森から旧友の妹が訪ねてきた
兄のしょうもない友達とはちがっていた
だから訪ねてみたかったという
その友人は確かにいた
言われてみれば
部屋の隅に女の子が座っていた気もする
彼の家は中学校の裏山にあり
片腕のない父親が
おう　おうとわたしを歓迎していた
親しかったのか　それさえも怪しい

ただ妙に寂しい夜にかぎって
いつの間にかかれの家の前に
たたずんでいた少年の日
さて目の前にいる娘
真冬なのにやけに薄着だ
東京の住所を知らせていたのだろうか
兄は中学を出て長野の運送会社にいるという
君は？と問えば
知り合いの家で縫物を手伝っているとのこと
東京は怖いよ　その人は大丈夫かと聞けば
にこにこ
うにゃむにゃ
要領をえない
奮発して注文した寿司を
うれしそうに醤油のなかで転がし

べちゃべちゃにして遊んでいて
一向に食べようとしない
知恵が遅れているのか心配になる
話すこともなく
といってつまらなそうでもない娘
わたしの大事な時間は過ぎるのだが
彼女はずっと昔から
この部屋に留まっているかのようだ
遅くなると帰りは怖いからねと帰宅を促す
それではと彼女は
色鮮やかなマフラーをさしだした
編み物も得意だという
駅まで送り
なんともすっきりしない思いで家に戻れば
母が秘密めいた手招きをする

ねえ　ねえ　あの娘ね
階段のここから廊下のここまで
こうやって跳ねたのよ
と背中をまるめて演じて見せる
しっかり聞いておこうと
昨日の娘さんのことだけど　と母に聞けば
そんな娘は知らないという
どこかで生きているにちがいない
小学生だった次男も仕事に慣れてきた冬の日
少し呆けた母に同じことを訊ねてみた
母はわたしにぐっと顔を近づけ
真顔で何のことだかわからない
とはっきりこたえた

あの男

男の生い立ちは知られていない
昭和に生まれ　育ちは悪かったらしい
その犯罪は奇妙だった
必ず夜　深い夜　電車にのり
山並に蛍のように灯る家を探し回る
鍵をかけない家をかぎわける
木戸をあけ　廊下をわたり
男は暖かさの源に近づく
テレビと笑い声がするほうへ　あるく
まるで重さなどないように

障子に手をかける　かるくおもい空気の抵抗
視線が男に集まる　一番苦手な瞬間だ
男は包丁を取りだし呆ける父親に迫る
　どうやってしあわせになった？
生あるものからでたとは思えない声に
父親はつぶやく
　普通に生きてきただけです
男はかなしげに
　普通がわからない　と吐き捨て
包丁で自分の腹をためらうことなく刺した
腹からはすでに血もでない
さらに一歩近づき刃先を寄せ答えをもとめる
　一生懸命働いてきた　と父親は答える
　おれもだ　と男は返し
包丁を振り下ろし自分の右腕をズンとゆらした

男は自分を抱きしめながら
よたよたと入ってきた方向へ歩きだした
憐みの視線をうけながら

触れる人

おじさんがわたしの手から入ってきて
あまりに温かいので街に誘われた
宝石のようなお酒と果物のやま
グラスに光る液体は甘く
友達と飲むお酒とはちがうみたい
おじさんは大丈夫だからという
いままで聞いたことのないような
しっかりした大丈夫が
わたしの心と重なる
肩をだしたきれいな女の人や

タレントのような男の人に
わたしは視られている
かすかな恥ずかしさとかがやきが
あちこちにちらばり
ディズニーランドにいるよう
体育館での授業
お巡りさんが
携帯のトラブルに気を付けるように話していたっけ
体育館の前と後ろ
あの人とわたしは遠い
一杯のお酒は
お給料では払えない
でもおじさんは
きみはかわいいから大丈夫という
かわいいと何度もいってもらってうれしい

わたしはきれいな服を買ってもらい
小部屋に座った
帰りたい気もするけど
お金は返さないと
しばらく会っていない先生と
知らない女の人が入ってきた
わたしはおじさんに断りもなく
家に戻ることになった
怖くなかったかと先生はいう
お父さんもお母さんも怒ってないからと
知らない女の人はいう
言葉はわたしをすり抜けて
脱ぎ捨てたばかりの服にころがった

文字

目の前に黒地にはでな模様のチラシが這っている
年老いた母があとで教えてくれとなげていったものだ
Open. Jun. 2 Fri.　Old clothes
内容を伝えてみたが
ああ、と気のない返事
ずっと以前から傷つきあきらめているのだ
いつも先生の前に机があったあの子のように
トイレ　男　女　も
Restroom Female Male に姿をかえた
クイズもどきのシルクハットとドレスの影

ハングルやチャイニーズ併記もおもしろい
でもね
母は店内でおたおたするばかりだ
この国のアスファルトの下を耕してきたのは
母たちだ
目も足も耳も土に戻る準備を始めている者たちが
この国を支えてきた
木造平屋の食事処
ここの刺身は最高だ
段差のない店は車いすでもゆったりだ
品書きの崩し文字
孫に聞かれて
ひらめだと答える母は自慢げだ
廊下奥の扉には便所の墨字が似合うと思うのだが
どうだろう

ひとよし

昔は
昼夜問わず
道端でも街中でもよくみかけたものだ
ばあさんの荷物をやたらと背負おうとする
泣いている子は必ずあやす
雨に濡れていると車を寄せて乗って行けという
向かいのじいさんにはふかしイモをお裾分けに行く
そんなかれらの絶滅が危惧されている
警戒されたり
疎まれることもふえた

彼らをかたって悪さをする人間もでてきた
働き始めたころ
ビルの隙間で横たわっているひとよしをみた
人のことばかり心配しているとああなるのよ
親が子に諭しながら通り過ぎていった
先月
久しぶりにひとよしの記事をみつけた
小さな記事だった
友達がいじめられているのをみて
死んでしまったという
まだ高校生だった
もう誰も話題にしなくなっている

赤土にキスして

君が倒れた
憂鬱な日常に
かすかな生気を与えてくれた
君が朽ちてゆく

市場へ出かけ
野菜を布袋に入れ
天国に近い老人から
良い娘になったと
からかわれ

いつもの道を帰る君の
声が聞こえない

誰も触れたことのない肌に
破片が
ふんわりとしたケーキを裂く
フォークのように
ナイフのように
深く食い込んだのだ

悪くない悪くないと
報せながら
決定した者の
愛する人は常に守られている
それが戦争だ

アウシュビッツの破片

夜と霧から放たれて
フランクルは友人に手をひかれ
花畑のなか　ずんずん家をめざす
なあ　花をふんではいけないよ
フランクル
おれたちの家族はころされた
花をふんだからそれがなんだ
はげましあった友人の目は
ふるえています
わたしは花畑にたち

あなたたちを見ています
お金をはらって
メガネや義足の山を写しました
くずれおちたガス室のかけらを
こっそりポケットにいれました
歴史記憶法がなくなっても
花をふんではいけないよね
すべてを見てきたかけらは
わたしの手のなかで
ちくちくいたみます

さちよさん

さちよさん　小さなおばあさん
よごれた顔　ピッカピカ
さちよさん　きれいずき
だれもいない公園で
風むき気にしてかみの毛とかす
まいあさ　にこにこ手をさしだす
わたしの百円　二百円
たばこやお酒にばけまくる
まち一番のコロコロ声
いってらっしゃい　いいきもち

両手に大きな荷物をもって
あっちの公園　こっちのスーパー
右にかたむき　テコテコ歩く
さちよさん　寝床は役所のすきま
室外機があたたかい
ごろごろバッグも上品だから
誰かが　ひょっこり盗っていく
タオルやカサやビニール袋
やくにたつかたたないか
ざあざあ雨の日　困ってた
神さまの本をかかえた外国人
傘をさしかけおせっきょう
神さま苦手なさちよさん
かわいそうがだいきらい
おひさまかんかん　日曜日

さちよさん　反対がわの道のうえ
ちょっとこわい顔して　たっていた
ちらとみるひと　みないひと
生きてるだけでりっぱなのよ
なんださちよさん　仕事してたんだ

車掌さん

木造のお城があります
　天守閣から見渡したね
足湯でやすめます
　あなたは座っていた
　となりに
つぎは恐竜館です
　一緒に噛みつかれて笑ったね
アナウンスするきみの
腕に這う何本もの
もりあがりが

車内を往復しながら
戻らぬ会話を捨てていく
緑の帽子に
乗り越し切符と観光案内の
カバンをさげて
次は港につきます
烏賊がおいしいです
　あなたの好きだった
でもきみの傷跡は
見える人だけ
聞こえる人だけでいいのと
ささやいている

Ⅲ

摑みそこねた魂

わたしはお前に三篇の詩をかいた
この世にでたがらないお前にたいして
わたしははじめて神にわびた
気の弱そうな瞳
わたしを大好きだったお前
こんな時間は続くわけがない
そう思いながらブランコを押した

二度目はお前が薬と共存するようになり
山奥の集中治療室で

からみつく根っこからの養分を糧とし
三日三晩　目を開けなかったときだ
蘇生し　うまそうにタバコを吸うお前をみながら
わたしは覚悟した

三度目は文字をうめているいまだ
りっぱな筋肉をそなえたお前は警察の安置所にいた
ピアスだらけの顔にわたしは頬をあてた
体内で荒れ狂う魂がわたしにぶつかる
女友達が泣き喚いていたせいかもしれない
わたしに謝罪していたからかもしれない
お前を感じることができてうれしかった

翌日お前は葬儀屋にいた
弟が無表情で付き添っていた

もうお前はそこにはいなかった
確かに似てはいるがお前ではなかった
魂は抜けたあとだ
また大事なときにそばにいてやれなかった

引き取り屋

箱いっぱいの薬は捨てた
おしゃれな酒瓶も捨てた
悪魔祓いが奏でるようなＣＤのやまと
召使いのような人形たち
お前の仲間がお気に入りを連れ去り
遺された物だけが
わたしの部屋に埋葬された
お前のベッドにはわたしが寝ている
三冊の詩集はわたしの本棚にもどった
血のついた眼鏡は

丘陵と猫が見える居間に据えた
髑髏だらけのネックレスは壁飾り
先のとがった靴や密着したジャケットは
どうしたのだろう

あとは引き取り屋を待つばかり
やっとみつけた消しゴムほどの広告
どんなものでも引き取ります
ギター　ダンベル　ごみ箱　壊れた傘　パソコンと古い家電たち
一台の軽トラックがゆらゆらと近づいてくる
汚れた髪とシャツ一枚だけの女
お前の知り合い？
お前に感謝する女もいただろうから
タバコの煙に染まっていた物たちは
荷台で他人の荷物と絡み合っている

主人のいない部屋に
酸素を送る振動音と泡音が響きわたる
水槽を動かしてみると
多摩川で釣ったアブラハヤが干からびていた
お前は嘆いていたね
何度水槽に戻しても飛び出して死ぬんだ
祭りで掬った金魚はとても元気
管と泡と命がつながっている
わたしの家には猫がいて
金魚は川に流そうかと思案していると
自分の店で飼っても良いと女がいう
ためらいなく酸素のスイッチを切り
助手席の隙間に金魚を押しこむと
そろそろと来た道を引き返して行った

リンゴ畑にもどれ

バスで十時間もかけて田舎に帰る途中なんだ
そういって息子が女を紹介した
居酒屋の片隅で訛りがなつかしさを放つ
風俗の面接に落ちたから帰る
口からキャベツをこぼしながら家族を学校を語る
もっと美人に生まれたかった
薬でふるえる手でコーラを飲む
田舎の附属病院の先生は
患者多いんだからおまえみたいな
ボーダーはくるなぁっていうんだぁ

きみは焼き鳥を噛みきる力もなく　笑顔で呟く
スナックで三人ぶん殴ってやった
父の武勇伝をため息とともに吐きだす
婆さんを投げ　妹に手をあげる父は
きっときみとリンゴに袋をかぶせたがっている

赤ん坊

赤ん坊がやってきた
化粧バッチリの大柄な少女が連れてきた
たしかに息子の友人だ

猫しかいない殺風景な家に
赤ん坊がやってきた
顔をひっかきはしないかと気にかかる

おむつやら食べ物やらあたふたあたふた
やっときた旦那から電話

早く返してくれと
まるでわたしが匿っているかのようなことをいう

赤ん坊の母親はタバコを吸いながら
旦那の悪口ばかりで帰宅の意思なし
まあ　時間が大切さ
ぷくぷくした掌を押してみる
肉球より柔らかい
今日も仕事は早めに切り上げよう

ある日　若い母親
買い物出たきり戻ってこない
逃げた　逃げたとばたつくわたしをみて
赤ん坊大喜び

旦那引き取らない
母親いない
わたしはいる
四日間預かった猫でさえ情がわいたが
乳児院にしんみり預けた

赤ん坊がいなくなって久しい
きみには新しい親と名前があるだろう
きみが大人になったときにわたしはいない
わたしはかつての名前を知っている
きみの両親も知っている
寂しがらなくてもいい
きみは赤ん坊の頃から人にも猫にも愛された

吹きかける夢

お前には甘えすぎた
隆々とした筋肉から生きにくさが透けて見える
職員住宅の一室はやさしい見世物小屋
大量の薬を飲んで見知らぬ女が寝ている

首が折れた花束が母親に電話をかけ
よだれを垂らした猫が父親とかけあっているが
どうやらこの女は見捨てられたらしい
わたしも受話器をにぎるが
はたして見世物小屋の番人が

この世の者として認められるかどうか
お前たちは虫も殺せず
守り合っているのに
えらく嫌われたものだ

お前の仕事はわたしの髪を刈ること
伝わる息吹をわたしは一瞬も無駄にすまいと
五感で抱きしめていたんだよ
わかっていたよね
短めの出来栄えを喜ぶお前の笑顔もだ

お前が愛した街の見知らぬ警察署で
耳たぶをだらしなくのばし
眉上に突き刺した銀細工が冷たくなった日から

何年たっただろう

わたしは夢のなかでまとわりつく
お前がいない　と
お前はあきれ顔で
わたしの頬に息を吹きかける
ほらね　ぼくはここにいる

いまなら
お前になんか寄り添わず
雪かきで鍛えたこの腕でしっかりと抱きかかえ
どこまでも一緒に逃げてやったのに

約束

勉強も運動もできない子だったから
大好きだと言い続けてきた
学校にも行かずに
夜な夜なでかけては
川沿いにあるホームレスのテントで寝ていたんだってね
わたしが知りあわない
たくさんの人をつれてきた
みんながわたしを
お父さんと呼ぶのが不思議とここちよかった
覚えているか

明け方の居酒屋で
隣の席で飲んでいたおばさんたちが話しかけてきた
親子です　と答えたら喜んでくれた
奥に座っていたおばさんが
　お父さんのことどう思っている？
わずかな緊張のなかで
お前は「尊敬している」と答えた
年に数回すりこむ
もしもお前が殺されたなら
いくつもの季節を企てに費やし
必ず相手を殺してあげる
一年前の雨の季節
お前は自分で死んでしまったので
わたしはふりあげた斧をおろせずおろおろしている
腕の力がぬけてきて

斧のお尻が額にコツンと触れた
あんがい深く額がわれた
友人がそろそろ元気になったかと
電話をくれる
なんとか　と答えるものの
額の傷が膿んできて　とは言えないでいる
お父さんは毎日単線にのって
休みもせず仕事に通っている
自分の名前も書けないお前だったけど
「ありがとう」はいつも見事だった
寂しさで狂うようなお前だったから使えた言葉だ
くぐもったその声が
額の傷が広がるのを防いでいる

育ちなおし

雨があがり予定通り遠足ははじまった
バスは岬にとまり弾ける飛沫に
同級生たちの嬌声がかさなる
あわてて岩肌にこぶしを叩きつける
皮膚のめくれが潮風を導き
痛みと潮が記憶を定着させる
同じ海をみつめるきみの髪が
わたしの指に食い込むならば
きみといっしょだったことも事実となるのに

修学旅行で初めて乗ったジェットコースター
目の前に迫る地面と作為の風
わたしの表情は変わらない
落ちたら落ちたでいい
一度も目を背けることもなく
骨が砕ける音を確かめてやろう

わたしは職に就き
くる日もくる日も
唾液をぬぐい　糞尿を片づけ
ことばと数を教えた
文化祭の賑やかさに男の子は
わたしの腕の肉を食いちぎった
押さえつける膝の下で視線は合い続けた
ああ　こんなにもまっすぐにわたしを憎んでいる

わたしは確かにここにいる
知的な遅れのある女の子の演歌を聴いた
頬が動いた
わたしの意志にかかわらず
笑う　ともに　なんどもなんども
こうしてわたしは歳をとった
目の前で語らっている他人同士は
わたしをあきらめなかった人たち
近況報告で書き忘れたことがある
先日　採血で気を失いそうになった

対話

家族がみんなでかけてしまい
テレビも炬燵も眠り始める休日の午後
ぼんやりとビル工事の音がひびくとき
わたしはあたりをみわたしながら人の家のように丁寧に
一歩一歩を踏み出す
いつまでたってもなつかない白と茶の太った猫が
まっすぐわたしのもとにきていまだよと知らせる
どんと胸をたたいて気合を入れ居間にむかう
恋人と出会う前のようにすっと胸が苦しくなる
ああ　お前だ　写真でも照れ臭い

ピアスだらけの顔
ラップに包んだメガネをすかしてみる
僅かな血痕と指紋
ＣＤボックスは年に一度くらいしか開けないよ
一枚一枚に会話と煙が挟まっていてまだ逃がしたくない
そうそう
お前が苦労した女にも男ができたらしい
いい報告だろ
さてと
部屋に戻ろうとするわたしにお前が問う
お父さんはいつまでそっちにいるの？

新井豊吉（あらい・とよきち）

一九五五年、青森県三沢市に生まれる

詩集
『ふゆの少年』（一九九四年、潮流出版社）
『大邱へ』（二〇〇〇年、土曜美術社出版販売）
『横丁のマリア』（二〇〇六年、土曜美術社出版販売）

日本現代詩人会会員　日本詩人クラブ会員　詩誌「潮流詩派」会員

掴《つか》みそこねた魂《たましい》

著者
新井豊吉《あらいとよきち》
発行者
小田久郎
発行所
株式会社思潮社
〒一六二−〇八四二　東京都新宿区市谷砂土原町三−十五
電話〇三（三二六七）八一五三（営業）・八一四一（編集）
ＦＡＸ〇三（三二六七）八一四二
印刷所
三報社印刷株式会社
製本所
小高製本工業株式会社
発行日
二〇一七年九月三十日